洗髪祀り

栗原澪子 詩集

北冬舎

詩集　洗髪祀り　目次

I

装丁＝大原信泉

詩集　洗髪祀り

I

カーテンの傍らで

裾を
机のはしに打ちつけて
そこに
風を拾うカーテン

まだ
残された場所が
あるのか

購い果たした歳月の
ひたいに

知らぬ間に
撮られた
見知らぬ土地のわらい
見上げるひたい

風に
吹き分けられて

硬い水

玄関の
ドアわきに嵌め込まれたガラスに
今日も
蜻蛉がまつわっている
華奢で凜々しい
糸蜻蛉

おまえ
昨日の朝も来ていたね

ガラスには
さざなみ模様がついている
伸びすぎた植え込みの枝葉を映して
そこはひんやりと
うすあおい
もしかしたら
水面を慕っておまえここに来たのか

頸のつけねに
翅を垂直に立てて
硬い水に
触れんとしては
離れている

想像

蚊の群れが踊っている
藤棚のはずれで
透きとおったうすい翅
ほっそりと吊るされた肢
羽化したばかりらしい彼らのまわりだけ
午後四時の空気が明けがたの気配めいている

朝から浄化槽の埋め込みにきている作業員が

テラスの蛇口から
浄化槽のタンクに水を引きたいとさっきことわりにきた
タンクを空のままにしておくと
土の圧力が埋めたタンクを圧し潰すか地上に放りだすかしてしまうので
水を満たしておくのだと

四トントラックの荷台いっぱいになって積まれてきた大型タンクを
じっとしたままの土が圧し潰す？　放りだす？
ショックは昨夜読んだ小説のシーンにとんだ
ひとりの中国人を摑まえて
首だけ出して兵営の庭に埋め
列になった営兵の軍靴が次々とその頭上を踏んでゆく
軍靴にかけた頭蓋の記憶を作者は書いていた

あらゆる生き物はたった一つだけ死を死ぬのだけれど
人の想像は無数の凄惨な死をなんどでも繰りかえし死ぬ

私はこんなとき
ひとつの映像を
私の想像に敢えてあたえようとする

微風の渡る青田　そこを流れる小川　小川に棲む小魚　その小魚の
餌であるミジンコのような蝦　ミジンコのような蝦の目に寄生する
寄生虫　その寄生虫のたえまない踊り

どんなテーマのテレビ番組で見たのかもう忘れてしまったが
ミジンコのような蝦も蝦の目の中の寄生虫も
私とおなじ光に生きていた

つまりおなじ凄惨のなかに

タンクに注ぐ水音がまだ続いている
藤棚の手前にエアコンの外器がおかれていて
外器のだす水が
まわりの土を湿らせている
蚊はそこから生まれてきたのだろう

上にゆき下にゆき踊っている
必要なもののみに満たされた軽さが——

少年少女小説

『太平洋波荒らし』

夏休みも余すところあと数日。花子は、懐かしい日本にむけ南シナ海を一路北上する客船の一等船室にいる。半ば睡りに落ちながら、夢うつつに母や従兄の一郎の笑顔を追っている。と、突然のスクリュー音の異変。父を追って甲板に出た花子は目を疑った。高々と停船命令を点滅させて急接近する暗い船影。現れ出た髑髏のマーク、海賊船だった。

昭和十六年、私の小学四年の夏休み――日米開戦の四ヶ月まえ——わが家には珍しい客があった。台北に住む大叔父夫妻が、末息子のサトルに、内地を見学させる旅の途次、大叔父の田舎であるわが家にも、数日滞在していったのだ。植民地ぐらしの一家はモダンで、叔父のパナマ帽も叔母の鍔広の夏帽子も、都会的というよりどこか異国臭を漂わせていた。白い半ズボンから長いスネを出したサトルは、逗留中、終始私を無視していたのだが、帰りぎわになって、旅行中に買ったらしい少年雑誌を、私の前にポンと置いて去っていった。『太平洋波荒らし』は、その雑誌の別冊附録小説であった。

海賊は金品にはまるで目もくれず、花子の父N博士と花子とを彼らの船に拉致し去る。彼らは時代おくれの海の追い剝ぎなどではなく（正体は徐々に明らかにされてゆくのだが）、海底魔軍と称する一大秘密機関の先鋒隊なのだった。襲撃の狙いはただひとつ、N博士の頭脳にあった。超強力な透明光線の完成間近しと、ひそかに世界の窺うその頭脳にあったのだ。

博士は海底魔軍に忠誠を誓い、父娘《おやこ》は海底の研究基地に賓客として迎えられる。魔軍の背後には、実はA国がありB国があるのだった。その二大強国は、世界制覇の野望のための暗黒面を、海底魔軍に代行させている。しかし更なる闇の影がそれらの中枢にうごめく。それは、大国に張りめぐらされている見えざる網目、マッソン結社の悪貨であった。

夏休みが終わり秋が去っても、私は小冊子『太平洋波荒らし』に囚えられていた。というより鷲掴みにされていた。ショックは家族にも黙して、孤独にその正邪をみずから生きていた。高潔な愛国者であった博士が、遂に「ぼくは海底魔軍に降伏するぞ」と叫ぶシーン。それは船底から引き出された花子が、暗い海に葬られようとする瞬間だ。波の下に鮫の影が動いて、花子は固く目をつむったのだったが——。皇国に殉ずる覚悟の少女は、父の変節をなじる。善と悪、志と愛、学者と美少女、スリル、逆転、これこそ少年少女小説というべきかもしれない。しかしまた、これは何と煽情的な時局小説、国策小説であったことか。A国B国は米国英国の他ではなく、マッソン結社はユダヤというサインを子供心に戦慄的に刻印した。真珠湾攻撃の四ヶ月まえ。

敗戦の翌年、昭和二十一年二月、寒風に吹かれる襤褸のように、大叔父一家が村道に姿を見せた。高射砲隊にあったという角帽の息子も、すでに嫁いでいた長女も、長女の嫁ぎ先の親たちも、ひとかたまりとなって引き揚げてきた。しかしサトルはいなかった。あの細長いスネをした生意気な少年は、すでに敵の北上し去った後の陣地つくりに動員されて、下痢に殉じたのである。

博士父娘の救出と、海底魔軍殲滅作戦にむかう日本海軍の艦上には、特別に同乗を許された一郎の姿があった。挿絵のなか、ひときわりりしい美少年が、はためく旭日旗にまなじりを決していた。

少年少女小説　『老朋友』

私の記憶にあやまりがないならば、その小説はこんな情景から書きだされていた。紫陽花の咲く宵の縁先で、母親が小説の語り手である少女に、この夏は軽井沢ゆきを中止するつもりだと告げる。（そう、少女の妹も一緒だった）。「兵隊さんのご苦労を思えば、避暑などしていては申し訳ないでしょう」。母親は、昏い花の上から移したさびしげな視線を姉妹に注ぐ。大陸に続く戦《いくさ》は、緒戦の予想と異なって、日ましに戦線を拡げ、深刻化してゆくらしい。詳細は忘れたが、この家も、父親と離ればなれの日を過ごしているのだった。

――『老朋友《ラオポンユウ》』――タイトルは、このあと一家が知ることになる小事件によっていた。幼い頃から少女のなついていたコーヒー店のおじさんが、町を追われたのだ。おじさんは中国人だった。このところ大人びた少女は、以前のようにおじさんに纏わって異国の話をねだることこそなくなっていたが、しかしつい先日も、その店前《さき》でやさしい笑顔をもらったばかり。幼かった少女に「老朋友」という言葉を教えて、友情を誓ってくれた時そのままの――。

とりたてて筋のないこの物語は、芙蓉の花に晩夏の光のしみいる午後、この語り手の少女の耳に、隣の家から「カミー、カミー」と訴える幼女の声が聞こえてくる、というシーンで終わっていた。トイレから洩れる声だ。トイレに紙がなく哀訴しているのだ。もちろんロール式ペーパーなど無縁だったころの民家。お便所の床の、小箱の紙が切れているのだろう。このところ不安がちな少女の心は、「カミー、カミー」の声に翳る。

*

私に少女雑誌体験は淡い。姉が納戸の簞笥に隠していた「少女の友」「少女倶楽部」(大人からは白眼視されていた)五、六冊を、簞笥の前にうずくまって盗み見るのが唯一だった。『老朋友』は読切りだった。短く地味な心境小説めいたこの作品は、しかし子供心に奇妙に浸潤した。その証拠に、他の読み物すべてが雲散霧消の今に、前述のシーンは記憶に克明なのである。しかし、本当だろうか。作中の場は日中戦さなかである。記憶の告げるかぎり、それは世相への一貫したアンチの他でない。反とまでは言えなくとも、時局への不審ないし哀しみは明らかだ。本当だろうか。としたら、作者は誰なのか。なろうことなら再読して確かめたい。長いこと反芻しながら、自ら半ば物好き視してきたこの設問が、私を逆に駆りたてたのは、自衛隊イラク派兵の秋。

図書館の所蔵号が見せる少女雑誌の戦時色は凄い。もし、昭和十三年「少女倶楽部」三月号目次にそれを拾うなら（『老朋友』掲載は昭和十三年〜十六年と目された）、「少女軍国読本」「霞ヶ浦航空隊に空の勇士を慰問して」「愛国ぐらふ、銃後の女学生ニュース」「戦勝舞踊人形の作り方」「空翔ける日章旗」「あゝ、感激の南京入城式」というふうである。号を追って、目次の背後に物資不足や子女の戦時徴用制の進行が見える。もちろん率先、身を挺す誌面としてである。

＊

『老朋友』はしかし幻に終わった。目ぼしい図書館も予想ほど万能ではなかった。或る館は所蔵館をネット化して、所蔵一覧を見せるが、『老朋友』は欠号の彼方に没していた。往時連載の、菊池寛『心の王冠』、川端康成『美しい旅』などにいきあわせてみると、遥かに記憶は蘇える。傲慢な令嬢（心の王冠）、盲目の美少女（美しい旅）。ローマンスを走り読みしつつ、私は幻の『老朋友』に信を置きなおした。なぜ、それが私に残ったか。あれはリアリティというものであった。子供のリアリティ、時代のリアリティであった。

南京陥落の提灯行列が私の幼児記憶の始まりである。そのまじりっけなしの戦争っ子にも、物語の中に失われた夏は愛惜されてならなかったのだ。少女は夏の風のなかで育んだ友情を、口には出せぬまま愛惜していた。軽井沢という少女小説らしいベールに隠して、作者は時代へのアンチを告げたのだ。便所の紙に困る日々の不安が、徴用制下の幼児の声や、おじさんとの別れの不審を私に共感させたのだ。いや、もしかしたら、戦争っ子の我とも知らぬ希望への切なさが、秘密の収得物のごとく、幻の一篇を私にせしめさせたものか。あの克明なシーンは、その後の歳月の創作か。『老朋友』の作者は私か。とするならその歳月は信じよう。

国境の馬

下の道にガタガタと音がした。表に跳び出してみると、板囲いしたトラックが隣の家のかど口に停まろうとするところだった。台所の母からニンジンを貰うと、私は隣の家の庭に走った。アオは、庭の柿の木にいつものように繋がれていた。トラックのまわりに、巡査と役場の人と、馬方らしい人が立っている。隣のおじさんもそこにいって立った。おばさんが茶を盆にのせていった。

「祝　出征」と両側に大きく書かれた布を、役場の人と馬方がアオの背中にかける。アオは頸をまわして一度うしろを見るふうにしてから、大きく頭を上下させ、それから二、三度前肢で地面を掻いた。肢の付けねから頸すじへの筋肉が、色づきはじめた柿の葉ごしの朝陽をうけて、透きながら震えた。「アオ」。私が差し出したニンジンにアオの頸が伸びたとき、アオのやわらかいどこかが、私の掌に湿りを残した。

翌年の田植えどき、菩提寺の広正寺に、戦時託児所というものが開設された。ブランコやすべり台が境内に設置されて、私たちを驚かした。しかし何よりも子供たちを虜にし、夢中にさせたのは、広正寺の住職の演じてみせる紙芝居だった。誰も紙芝居なぞ見たことがなかったのだ。紙芝居には「あおの出征」があった。

仔馬のときから兄弟のように過ごしてきたあおと、一郎、花子の別れ。頬ずりするあお。「あお、万歳　万歳」。囲む日の丸の旗。正体のよくわからない感激に、私たちは涙ぐむ。最後は南京入城の場面だった。あおは挙手する将校を背にのせて、栄えある歩を運んでいた。日の丸を手に駆け寄る中国の子供も描かれていた。

トラックへの渡し板をのぼるとき、アオは何度も後じさりした。手綱を強く曳かれて頸を伸ばしきられながら、アオの目が宙を泳いでいた。母も、前のおばさんも、登校まえの男の子も見送りに集まっていたが、万歳の声はなかった。おじさんが声を励まして叱咤して、アオはようやく発って行ったのだから。

敗戦の兵士はひっそりと、いつのまにか村に帰ってきた。ずっとそうしてでもいたように、野良仕事にもどった。馬の帰還というものはあったのだろうか。アオは帰らない。馬の入隊記録はあるのだろうか。アオの行方は誰も知らない。だから、アオは思いもよらぬところに繰り返し姿を現わす。

鞍傷《あんしやう》に朝の青蠅《さばへ》を集《たか》らせて砲架《はうか》の馬の口の草液《くさじる》

暗谷《くらだに》に昨夜《よべ》堕《お》ちゆきし馬思《も》へば朝光《あさかげ》ぬちに寄り合ひし馬

宮　柊二『山西省』

敗走のニューギニア戦線に消えたのもアオだった。あれはいったい沼だったのか川だったのか。渡河なかば挽き荷から先に引き込まれ、足掻きながら沈んでいった。

山西省の暗谷に堕ちていったアオ、ニューギニアの泥水に沈んでいったアオを暗澹と見送って十年も経っていた。一人の詩人の、ソ満国境からの逃亡記録を読んだ。中朝国境まで逃れていた。国境ぎわの朝鮮系住民集落。逃亡中の詩人は農奴状態に近い三ヶ月余をそこで余儀なくされる。苛酷な開墾の使役にたえる馬がそこにいた。馬は詩人による日本語に、おのずからな反応を見せるのだった。その骨格からも、日本軍におきざりにされた軍馬にちがいないと詩人は思う。

「生きていたのね」。私は呼びかける。獰猛な荒蕪地の虻や蚊にたかられて、目のまわりといい、口のまわり、鼻のまわり、やわらかい皮膚という皮膚を腫れ爛らせて、たたずむというアオに。

うたたね

早朝、起きだして二階から降りながら
階段の途中で壁に寄りかかって貪った三、四分のうたたね
一瞬でも気を抜けば
即、ねむりに攫われ去るとわかっていたあの頃の
婚家の階段に待ちかまえていた
誘惑の甘さ
ハヤオキドリという農家むけ番組をラジオが
朝ごとに流していた時代

いま
来るあてもないねむりを待って
私は深夜にカセットテープをまわしている
長すぎる夜に備えて
好きな小説を
自分の声でテープに吹き込んでおいたものだ

小説の主人公は
胃潰瘍の手術をひかえて
病院のベッドの上である
夜の仕事をもっぱらとした彼に
病院の消灯の早さはまず嘆賞にあたいした　次いで
半生の巡視、点検の時間をたっぷりと提供する

彼の胃袋にあいた四つもの穴は来し方の戦跡なのだ

——一つはバクダンカストリ時代、一つはショウチュウ時代、一つは泡盛ウイスキー時代、一つはいくらか格が上がって日本酒ビール時代

点検のはてに
主人公は言う

——片一方では、彼はそういう時代をヒイキにしていた　と

それは悪酒痛飲によってのみ代表されるものでなく、時代のどの一齣をひきだしても、あるものはやはり彼らの存在だけだったではないか。何かにつけふんまんやる方なく、そのくせ希望だけは常に大きく前面に立ちはだかっていた彼ら……＊

私もいまではヒイキにしている
小説の主人公の
戦後文学運動の日々に比すべき
大家族の嫁だった私の戦跡を
とくにも
早朝の階段の
うたたねの甘さを

闇の彼方
戦後文学運動の彼方
テープに紛れこんだ午後三時の町の市役所のチャイムが鳴っている
つづいて
永遠の空をかすめゆく

ヘリコプターの
爆音がひとしきり

＊菅原克己「胃袋手帖」より

短篇集

久しぶりに手にした文庫
『山椒魚』
から落ちてきた
いちまいの黄ばんだメモ

テーゼ
レジティマシー
プレマム

クートベ
プロフィンテルン

ならんだ片仮名の下に訳語が記されている
二、三はスペルも括弧して入れてある
メモにしては几帳面な
けれど　右に歪みがちなまぎれもない私の癖字

何を読んでのメモかまるで憶えはない
とはいえ
この種の単語の頻出する読み物にかけていた
希いのような恐れのような月日は忘れようがない

赤ん坊を寝かしつけて

鍋を洗って
おむつを干して
それから
眠気ざましに一度ならず顔を洗いに立ったりしながら辿った
頁からのメモだろう
そんな月日からの
メモの黄ばみだろう
その後でなら許されて
好きな短篇集と一緒に赤ん坊の傍らにもぐり込んだ

何から許されて――
何か知らん大いなるものから――
というにしては
他愛もなく許してもらって

さっきのメモを
短篇集の栞代りに？

*二連目は順に、綱領／正統性／拡大中央委員会／東洋勤労者共産大学／国際労働組合評議会

洗髪祀り

うどんを茹で上げたあとの鍋の湯を
私はしばし捨て惜しむ
フキンを漬ける
台拭きを漬ける
それから手のひらを漬ける
両の手で
あったかくネバこい鍋の底をいっとき押している

日溜りの庭先で
金盥の底をそうして両の手で押したのだ
まだ手のひらの皮膚もうすく透きとおっていたころ――
鼻先にかかる重い湯気
湯気にまじるうどんの睡いような匂い
そこへ
頭を漬けてネバネバで髪を洗った

カマドには灰だらけの木蓋をのせる二つの釜
一つの釜にはうどんの茹で汁
一つの釜にはすすぎの湯
暗い台所と
日溜りの庭を
金盥がいそがしく行ったり来たりして

私の頭も姉の頭も母の頭も
うどんの匂い

シャンプーはおろか
化粧石鹸も洗濯石鹸も姿を消して
家族の上に降りくだった
洗髪祀り
残滓はおもむろに捧げ持たれて
ネバネバも頭皮の汚れも
あますところなく庭隅の堆肥の上に養分として注がれた
人間の
石鹸がつくられていたという
空の下
無知の

金盥をひたすら捧げ持って――
うどんを茹で上げたあとの鍋の湯を
私はしばしば捨て惜しむ

歓声

たしか
あれは
ロンドン塔をめぐる史実集かなにかに
出てきた話だった
古来　苛酷な刑具の考案者中には
その自作の用具にかかって死んだ例が
すくなくないのだとか

人間を二つ折にして
ようやく足るほどの鉄格子の檻を考案して
政敵を苦しめた某国高官も
結局は
その鉄箱の内に果てたとか――

因果応報
神は見ていた
と言ってみても
こんな陰惨な裁きに救いはない

それなら
ＮＨＫスペシャル
「ロボットカー――アメリカ国防省未来戦略」に見た

スッカラカンの明るさは　どう
ロボットカー　つまり無人戦車開発の
コンテスト風景

賞金一億ドルにむかって
モハベ砂漠に放たれた
可憐なロボットたち
障害物の認知　回避　対向物のあらゆる動きに瞬時に即応
ロボットが課題をクリアーするごとの
頭脳チームの
歓声！
歓声！
その歓声の明るさは
小学校の運動会の

青空のもとの叫びそのままに

生身を轢断しようと劣化ウラン弾を撒こうと
これは無人
一方的なところは刑具とおなじか
アメリカ国防省は
すでに実戦配備をカウントダウンしているという
賞金の上積みも決定！
歓声！

番組
ご覧でしたか
神さま

II

二〇〇一年秋、公園

アメリカのアフガニスタン空爆に抗して、真っ先に街に出て
声を挙げたのは、非暴力をかかげる市民グループだった。

桧町公園

乃木神社横から外苑東通りへ出たところで
ハンドマイクの先導者が呼びかけてきた
「シュプレヒコールいきますかぁ」
「おおう」

後方から声が応じた
「はーい」
半テンポ遅れて加わったのは
私の声と
私の右手を歩く
四十歳くらいの横顔のきれいな女性の声

きょうが第四波というこのデモ行進をつくっているのは
ネット上に呼びかけあった
見知らぬ同士であるらしい
さっき桧町公園の集会で挨拶にたったダグラス・ラミスさん
シナリオライターという渡辺さん
戸板をわたした演壇のすぐまえに胴坐りして
「そうだ」「そうだ」と呟きながら

目の前の砂利を掬いあげては掌からこぼしていた白髪の老人
室田日出夫に似たシュプレヒコールの先導者
茶髪の若者
ら

私はといえば
テレビニュースに一瞬あらわれた緑の旗の白抜きサインに
急いで電話を入れ
東京区分地図を引きだし
駅員に耳馴れぬ公園の在り処《あか》を尋ね、ローソンの人に聞きして
ここにこうして紛れ込んでいるのだけれど

六本木通りにでて
警備の警官がどっとふえた

デモの列はひっきりなしの警笛に遮二無二塞きとめられる
そのたびに右手の女性が
擦過するタクシーやバスの横腹に身を向けなおしては
やさしくプラカードを振る

ひろい都心通りの
あちら側
工事中のビル壁にはりついていたヘルメットの一つが
首《こうべ》をめぐらせて高く手をあげた

宮下公園

宮下公園で
流れ解散したあと
娘と近くの歩道橋にのぼって
後続の様子をたしかめることにした

夜の集まりのせいか
呼びかけの形が違うのか
今回の参加者はぐんと増えていて

人波は
断続をくり返しつつまだまだおわりを見せずやって来る
とはいえ
ひしめく車のライトと騒音にはじかれて
側道を貼りつくように来る
人と旗のめぐりは
遠目にうすぐらくさみしい

投げない　投げない　もし　遠くまで到りつくものが
あるとするなら　それは苦しむ魂だけ

「ようやく　ああした旗も出て来ましたねえ」
帰宅途中らしい
トレンチコートの男性が足をとめて

並んで
デモの列を見下ろしながら
娘に話しかけた

さっき集会場でもそうだったけれど
娘といると
男たちの声は間違いなく
きまって
娘の方へゆく

このことあって
魂の
遠目
すこしほぐれる

森林公園駅

隣ホームに電車が入ってきたと思ったら
わあぁ
とばかりはじけた
転がりでた声は
たちまち渦をひきながら上へとのぼってゆく
手前の階段に目をふさがれていて
ちょうどそのあたり私からは見えない

けれども
それは遠足の子供らの到着で
それも小学三年生か四年生
二輌目、三輌目、四輌目あたり
ドアというドアからいっせいに飛びだして
階段に向かった
と
のこらず
聴きとっている
森林公園駅
午前十一時の
ひかりの底

駅前の

欅の大樹あたりへ移動していった姿なき喚声は
天空に舞いのぼる
蜜蜂のかたちをかりて
私に残った

二〇〇一年、アフガン空爆の秋
ひとつの空を
私にわたした

「現地報告」

「次、お願いします」
演壇の中村哲さんが映写係りに声をかける
背後のスクリーンがきりかわった
水路だ
アフガニスタンの罅割れた荒野に
貫通されたペシャワール会の「マルワリード用水路」――
おだやかな光沢をおびてひらめいている水の面《おもて》
枝を重ねあう両岸のヤナギの緑

瞬間息をのんだ会場が
喜びの波動に一つとなる

「ミズオクレ、ミズオクレ」。学校帰りの子供たちが、道端の家の井戸にむらがっている。なかに私もまじっているはずだ。高台にあった村の小学校は水無しの学校だった。水道施設などは論外、ミズミチに恵まれないところに当然水は無いのだ。ついきのう、私たちはハダシでそんな校庭を駆けていた。天水を貯めた足洗い場は、泥とあおみどろでいつもぬめっていた。ブリキのバケツを提げて、毎日、谷津田の畔ぞいに沼まで掃除用水を汲みにいった。

アフガンの巨岩とあばれ水とのたたかいに
哲さんはふるさと筑後川の先人の策を生かしたという

例えば蛇籠による制水、築堤
竹籠に河原石や砕石を詰めそれを積んで堤《つつみ》とする（竹籠はワイヤー製にかわったが）
蛇籠の上にコリヤナギを挿し木する
ワイヤーが腐るころには
ヤナギの根が石という石を泥土と共にしっかり抱きかかえるという
スクリーンのその緑

この世紀
資本投機は水に向かうとか
すでに大規模農業は
本来なら未来のものであるべき地底水まで吸引して商品の上に撒いている
私はその未来の那辺までを見ることになる？

もし寝たきりになって自分の時間と二人きりになったなら
行けるところまで
思い出の「現地報告」を自分に試みよう

谷津沼と田の畔を繋ぎつないで、村は寸土にまで稲を稔らせていた。筑後川は無かったが、先人の策は私のふるさと寸土にも行きわたっていた。学制に応じた寸土の力。生徒の飲み水はさておき立派に村立小学校。奉安殿と忠魂碑と桜の花の、学制全国規格である。いや、全国規格であるべくして生まれた水無し小学校。蛇籠とコリヤナギ小学校は、私の思い出の「現地報告」にどう映せるか。

そのあとに
スクリーンの

ひとひらが
まだ私に残されたなら
ぼんやりと
夢見たい
学校帰り　雁沢《がんざわ》ん家《ち》の釣瓶のふちに割れくだけた水の光
中村哲さんの見せてくれた「マルワリード用水路」のひらめきを

*「マルワリード」は現地の言葉で「真珠川」

III

合図

「帰っていいわよ」
隣の治療台から
許されて
夏の午後めざして駈けだしていった
うれしげな足音
小さな女の子の
何という物言う足音
診察室の大き過ぎるスリッパが

翼になって翔び立ってでもいったよう
「関越歯科」の椅子に仰向けのまま
次の手を私は待っている
左ひとつ向こうからドリルの音
あとは天井も左右のカーテンも流れている音楽さえ
とりつくしまのない白い霧
私もあんなスリッパの音をさせて
帰れるといいのだが
木槿と百日紅の咲くいつにかわらぬ夏の午後に
帰れるならいいのだが
優しいけれど不器ッチョな
この「関越歯科」の
見習い技工士の振り下ろす旗を
合図に

蕎麦の花

山峡の私鉄の駅で
娘と待ち合わせた
夫の入院した病院まで
ここからバスの小さな旅

いまは呼吸器センター病院だが
そのむかしは名を知られた結核療養所だった
周囲は人家もまれな松林だった

谷津沼と谷津田を縫うのぼりくだりの道が終わって
少しずつ視界がひらける
「蕎麦の花?」
娘が呟いた
畠と畦と苗木と土手のかさなりの
いちばん奥を白い色がただよって過ぎる

二日まえ下の娘を
このバスで案内しながら
一週間まえには夫に付き添って
ここで
「蕎麦の花?」
を聞いたのだった

しめしあわせでもしたような三つのおなじ呟き
それとおぼしい家族の記憶は思い浮かばない
というより
ついこのあいだまで
かたくなに無視しあってきた父と娘ら
こんな符合ばなしを聞かされたなら
おそらく
互いに鼻白むにちがいない

娘らの父親は
そのまま
嘘のようににわかに逝ってしまった

山峡の駅からの
まぼろしの
バスの旅

「蕎麦の花?」
生き残った者は
どこか知らず
てんでんに遠く行って
呟くだろう

庭

来る夏も来る夏も
蜥蜴の
白い腹に爪をたて血を滴らせ凝らせ
猫よ
おまえ
よくもこう
血に倦まないね

満天星の枝下にねそべって
黒ソックスのような肢のさきっぽだけ見せている
シロ
梅雨明けの
庭の
焦点のように
わかい蜥蜴の死を
きらきらと仰向けに差し出したまま

大、中、小
精巧な
細工物のようなその骸は
この庭のいたるところに埋められてきた
いたるところに埋められてきたが

埋められた
形は
二度と
見ることがない

猫よ
土こそ
血に倦みはしないよ
おまえの先代は山茶花の根の下の土
先々代はおまえの好きなその満天星の土

うすみどりの帽子

雨戸を閉めきってテレビの前に腰を据えようとするとチャイムの音
雨の中をこんな時間に宅急便か——
すると一時間ばかりまえに顔をみせた牛乳のセールスマンがまた来ている
牛乳を飲むとおなかがゴロゴロいう
そういってさっき断ったのだ

男は青いミニの手提げボックスから牛乳瓶を三本だす
おなかのゴロゴロしない牛乳だという

雨は吹き降りになっていて
男は軒灯に半分照らされた首でビニール傘をささえる格好になる
細くしか明けていないドアの隙間から私は牛乳三本タダでもらう

以前おなかを切ったときベータカロチンを月々友達が送ってくれた
食品こだわり派の娘はインデアンの伝えるお茶を忘れず土産に持って来る
けれど
見も知らない人が
私のためにこういう手間ひまをかけるとは
暗い雨の中
何処をどうまわって
男はゴロゴロしない牛乳を私にくれに来たものか

良い物もそうでない物も

物が商売を伝わって来るのはいまさらあたりまえ
なのに
感慨が来たもので
冷蔵庫のライトに牛乳瓶がしいんと耀く
うすみどりのビニール帽子をかむっている

秋日

年取った人は朝からずっと松の木の上
若いふたりは
トシトシと庭を行き来する
松の木の梢で響く鋏の音
足ばやのハダシタビに弾む土の音
彼岸明けの秋空に反響してこころよい
長く待たされた植木屋だが
いちばん似合いの季節に訪れてくれた

カシラ格は若い方のひとり
「おじさん」と彼はわずかに甘く呼んでいる
「タッチャン」おじさんの物言いには慎みがある
もうひとりの若者は新参らしく
短く返事する声しか聞こえない

藤棚の余りの竹で
鉄線に垣を組むカシラの近くに
猫が寄っていた
知らぬ人に臆病なチョッちゃんにしては珍しいと思ったが

ははあ
職人は去り

チョッちゃんもどこかへ姿を消し
残された籬

棕櫚縄の黒光りする尾が
竹の四つ目ごとに
くるりくるり
おどっている

砦

プラモデル屋の関さんが
椅子に凭れた半身を通りに見せている
店のテレビでも観ているのか——
たかく組まれた脚
反りかえらせた背中
長身のそのスタイルは
野郎のまま老いた西部の騎兵隊長
といったおもむき

かつて
巣にたかる蜂に似て
路上にまでこぼれ
むらがっていた少年たちはどこにいったか
ウインドウには
翼や帆柱のぼんやりとした影が
埃とともに忘れられている

まえの空き地に
赤帽一分隊をおいて
帽子の舌を下げた関さんが
司令よろしく
甲高い声をだしていた一時期もあった

町内会費使い込みの噂は
ほんとうだったのかどうか
ある日白髪となり
赤帽分隊もいつか消えた

元少年航空兵
プラモデル屋の関さん
老騎兵隊長というよりも
足長蜂の頭《かしら》か
翅を反らせ
風の砦に凭る気配

甲冑の武士

手術の話を聞いたあと、十日ほどして見舞った。次期町長候補として、Oは地元ではなかなかの顔だと噂に聞いていたが、会えば年下の腕白な従兄弟でしかなかった。入院以来、いまもって流動食だとしきりにこぼす。節分だった昨日は、鰯やら里芋の煮ころがしやらが周囲《まわり》には出たらしい。配膳車の皿の上に、その食べ残しがころがっていた。「敵《かな》わねえよ」と言う。

麻酔中には、いろいろ幻覚を見たそうな。甲冑の武士の居並ぶまんなかを金具のついた輿に乗って通ってゆく。すると、盆に山盛りの饅頭がでた。「目下見分中、控えるよう言われておりますれば……」と丁重に断ったそうだが、「その時、手術台に両手を縛られていたんだな」との述懐に、思わず吹き出してしまった。

再度の手術からOはかえらなかった。「おりますれば……」などと畏まっていないで、遮二無二かぶりつく夢のなかを、往ってくれたならいいのだが。Oよ。会えば、腕白な笑顔にかえったOよ。

魂まつり

きのう
盆の十五日
娘がやってきて一泊していった
娘の子供たちはもう誰も付いては来ない
彼女の持参したビデオを夜おそくまで二人して
そのあと
私は浴槽に溢れるばかり湯を満たした
里の夜の

せめてものもてなしに

ところが
洗面場で悲鳴がして
スズメ蜂だと――
いつどこから来たものか
鉄砲玉のような影が
天井に硝子窓にタテヨコナナメ当たりちらしていた

きょう
昼を待って
父親を墓に送ると
その足で娘は帰っていった
盆棚と盆飾り一式　取りはずし仕舞い終わったあとの

しんとなった部屋
昏れ方の風とカナカナの声がそこを通って行く

山歩きを得意とする娘の見解を尊重して
ゆうべは
満ち溢れる湯もそのまま
開けはなしの家に
息をひそめて眠ったけれど
あれはスズメ蜂ではなかったな
と私は思う

灯りを消し
唸りの止み間に懐中電灯でちらっと見た
あれはアブ？

あの人懐かしげな大きな目玉
それにあの
がむしゃらな騒ぎ方には覚えがある

私と
まだ娘時代の娘らとが
ひとかたまりになって
テレビドラマに見入っている
そこに
家のあるじが
帰ってくる
ひとかたまりの視線らは
そのままドラマを離れたがらない
すると

しゅんかんに騒ぎが降って沸くのだった

ゆうべも
呼び寄せたのはビデオかもしれない
(そういえば洋画がことによくなかった)
ゆうべのそれは
ロルカ暗殺の真相をミステリー風に追跡しつつ
要所要所にロルカの詩を鏤刻する
暗いながら気取った映画だった
字幕になった詩の訳を
長谷川四郎さんの訳よりいいねえと娘は言い
私もそれらしく相槌を打ったりしていた
(当の訳詩にこころあたりもないままに——)

洗面場の
窓の桟から
ちろりとこっちを見た
あの
困ったような
人懐かしげな大きな目玉

金色の
縞々も身に持たず
ただ　がむしゃらに騒いでいった

愛称

図書館で
『戦争と平和』全八巻を借りてきた
飼い猫の死の
空虚にさいなまれて

ペットロス症候群にトルストイ
ちょっとミスマッチな選本のようだが
あてはある

主人公アンドレイ・ボルコンスキーの
回生の姿だ
わけても
虚無の淵にあった彼が
林の奥ふかく
一本の楢の老樹の無慙と春の回生に立ち会う
あの有名なシーン（女主人公ナターシャの登場でもある）を見つけだし
読みかえすこと

けれど
世界の名作は
こんな拾い読みを許しておくものではなかった
歴史的大パノラマと（透徹した史観と）
緊密に交差しあう登場人物たちの細部

細部といえば
マーシャ　リョーリャ　ポーレンカ　ミーチェンカ
愛称のとびかい合う全巻のどこかで
アンドレイ・ボルコンスキー公爵は
誰かから愛称で呼ばれることがあったかしらん
主人公の眉目秀麗に恋した十代の名残か
私はその矜恃と孤独を可哀そうになる
彼だって一度くらい愛称で呼んでやりたい

巻中いちばん多くの呼び名を持つのは
純真快活なニコライ・ロストフ（ナターシャの兄だ）
ニコルーシカ　ニコーレンカ　ニコラ　コーリャ　ココ
そう

呼び名の多さでは
ロストフ伯爵にひけをとらなかった
私のシロよ
チロ　チョッチ　チョッペ　チョロマカ　チョロベエ　チョロノスケ

緋鯉

小学一年の夏のはじめ、三歳違いの姉が急死した。夏休みに入ると、母の妹のさちえ叔母が、残った上の姉と私を家に招待してくれた。母の里で叔母や従兄弟に会うことはあっても、叔母の婚家にいったのは、後にも先にもこのとき一度きりだから、姉妹を亡くした私たちへの周囲の心遣いがあったのだろう。私たちには、父、兄に続いて間のない姉妹との別れだったから。

郷党の斎という叔母の婚家は、周囲に濠と土塀を廻らした屋敷構えで、まず私たちを圧した。当時、わが家は外井戸で釣瓶だったが、この家は、黒光りする広い台所の床にポンプと洗い場を組みこんで、子供の目にも悠然たる物腰を見せていた。

どんなふうにもてなされたか、年下の従兄弟とどうすごしたか、まるで覚えがない。ただ、濠にかかる土橋の端にうずくまる姉と私のワンピース姿だけが、奇妙に視覚に残っている。濠には鯉がいた。うすく濁った水のおもてに大小の鯉がゆったりと背を見せにきた。緋鯉がまじっていた。

帰路、私たちは、金盥ごと風呂敷に包んだ鯉を土産に持たされた。透きとおる細い身を横倒ししている若い緋鯉。水は金盥の底にわずかだ。八高線で七駅の車中、私たちはこの持たされた命を案じ、追いつめられ、思いつめていた。勾配をのぼるローカル機関車のまだるい音を呪い、叔父や叔母をはげしく憎んだ。

緋鯉は無事わが家の裏庭の池の底に沈んだあと、半年ほどで近くの谷津沼に移されたが、八高線での狂騒はうそのように、私はあっけなく緋鯉を通過したらしい。忘れていた鯉を沼に放すと母に言い出され、何かハッとするものはあったのだが——。

さちよ叔母は長命だった。都会に移り住み、世代は変わり音信も遠のいてからのある日、叔母から一冊のノートが送られて来た。母の思い出集だった。叔母は、母の名ハルをハーちゃんと呼んでいたが、扉にはハーちゃんの二倍生きた記念と書かれていた。ノートは——「女の一生」或る姉妹篇——の序の章のようであった。その末尾に、思いがけずあの緋鯉が登場していたのである。母は夢の話として叔母に伝えたという。赤、黒たくさんの子供を引き連れた緋鯉の姿を。

私は思ってみる。夢の水の色は、母が若い緋鯉を放し、自身最後の場にも選んだ谷津沼のそれとはことなって、縹渺とうす明るかったにちがいないと。

あとがき

物心ついて私の最初に見た牛乳瓶は、細身で頸のすらりとしたものだった。口周りの左右に鉄の取っ手が付けられ、取っ手の先が瓶の蓋を咥えていた。蓋というよりそれは栓で、陶製だったと思う。取っ手を回転させると栓もくるりと廻って口が開く。子供の私はその回転式の栓のたてるコチッという音が好きだった。囲炉裏の、炎からちょっと離した灰の中に挿し込まれて、ぬくめられていた牛乳瓶。炎に映えるこっくりの乳白色が忘れ難い。

この細身の瓶は蓋を王冠に変えて、戦後もしばらく流通していたように思う。広口、安定形、蓋はメンコ状の紙というスタイルが一般化したのは何年頃だったか、もうはっきりしない。それが、最初から頭にひらひらのビニールフードを被っていたかどうかも。

そのビニールフードをタイトルにした詩、「うすみどりの帽子」を、この詩集に拾うかどうか私は迷った。いま、私の利用するスーパーの牛乳は、一〇〇パーセント紙パックに変わっている。詩集の纏めをサボっているうちに、作品にした風景は消えてしまったのだ。それでも伝わる何物かが、そこに残されているならいいのだが。
　牛乳容器の変貌とは、一種異なる戸惑いを、「愛称」の詩の背景にも突き付けられた。岩波文庫の『戦争と平和』は、二年前に新版に変わったが、この新版の訳では、「物語の理解を容易にするため」として、「人物名は最も簡素な形に統一」され、あの印象深い愛称も父称も取り払われてしまった。――それってないでしょう――。私の貧しい詩の背景が消え去った驚きより、私には小説の魅力そのものが減じてしまう思いです（出征するアンドレイとの別れ、瀕死のアンドレイとの邂逅の場で、妹のマリアが「アンドリューシャ」と兄に呼びかけていることを、その後、旧版に発見。どちらの箇所も、この呼び名の効果は抜群と思われました）。

　昨年の歌集に続き、今回も旧知の大西和男さん、北冬舎の柳下和久さんのお世話になりました。懇切なお力添えに心から感謝申し上げます。

二〇〇八年九月

栗原澪子

著者略歴
栗原澪子
くりはらみをこ

1932年(昭和7)、埼玉県生まれ。詩集に『ひとひらの領地』(78年、詩学社)、『似たような食卓』(89年、同)、『日について』(95年、同)、歌集に『水盤の水』(2007年、北冬舎)、散文集に『黄金の砂の舞い—嵯峨さんに聞く』(99年、七月堂)、『日の底ノート 他』(07年、同)がある。

住所＝〒355-0018埼玉県東松山市松山町2-7-7

洗髪祀り《せんぱつまつ》

2008年10月20日　初版印刷
2008年10月30日　初版発行

著者
栗原澪子

発行人
柳下和久

発行所
北冬舎
〒101-0062東京都千代田区神田駿河台1-5-6-408
電話・FAX　03-3292-0350
http://hokutousya.com
振替口座　00130-7-74750

印刷・製本　株式会社シナノ

定価：[本体2200円＋税]
落丁本・乱丁本はお取替えいたします
ISBN978-4-903792-13-2 C0092